임과 나

임과 나

초판 1쇄 인쇄일 2024년 7월 10일
초판 1쇄 발행일 2024년 7월 17일

지은이 바재열
펴낸이 양옥매
디자인 송다희 표지혜
교 정 조준경
마케팅 송용호

펴낸곳 도서출판 책과나무
출판등록 제2012-000376
주소 서울특별시 마포구 방울내로 79 이노빌딩 302호
대표전화 02.372.1537 **팩스** 02.372.1538
이메일 booknamu2007@naver.com
홈페이지 www.booknamu.com
ISBN 979-11-6752-487-4 (03800)

임과 나

● 靈草 박재열 시집 ●

책나무

시인의 말

이 땅 위에 태어나 살아가는 모든 분들과
함께 기뻐하기를 원하는 심정으로
시를 쓰며 시집을 내놓습니다

우주의 먼지와도 같이 작은 인간이 시를 지을 때
끝없는 우주 모두를 가슴속에 품게 되며
찰나에 불과한 인생이 시를 만들 때
영원의 역사에 참여하게 됩니다

우주와 인류의 창소주를 향한 찬양과 감사 가운데
자연과 인간의 미적 가치를 온전히 누리는
참된 축복의 삶을 영위하시기를
간절히 바라는 마음입니다

2024년 7월

靈草 박재열

차례

시인의 말   5

1부
임 찾아

에덴	12	벌판	26
소원	13	그 빛	27
그림자	14	임에게	28
들녘	15	봄 복	30
수채화	16	새봄	32
돌담	17	만남	34
기적	18	새순	36
봄의 임	20	고개 들어	38
수선화	21	봄 찾아	39
목련	22	저 산	40
나무	23	어느 아침	42
삶이란	24	겨울 이야기	44
보화	25	길에서	46

2부
임의 모습

모나드 50

미소 52

심성 53

햇살 54

기다림 55

임 56

뜀박질 58

사막 59

꿈꾸며 60

봄처럼 62

나무의 꿈 64

모래 산 66

고향 67

창문 68

나를 부르네 70

어느 고백 72

보석의 여인 74

신비가 76

겨울 풍경 77

겨울 사랑 78

3부
기다리는 기쁨

최신	82		목소리	97
중력	83		어느 남매	98
대체물	84		일곱 요일	100
높은 도시	85		원앙가	102
함성	86		사랑	104
이 땅	87		지구별	106
보석	88		뒷모습	108
마음	89		날 때부터	110
상공	90		그대는	112
우리들	91			
거울	92			
안부 인사	94			
달음질	95			
그 자리	96			

4부

만나는 임

가나 혼례	116	찬양송	131
복락원	117	갈보리	132
도시	118	코스모스	134
탑	119	말구유	135
감사	120	아기 예수	136
구원	121	그 십자가	137
흙길	122	상은 원장	143
팔복산	123	순교자	146
천지인	124	예, 형님	150
구령 노래	125		
산	126		
검정	128		
친구	130		

1부

———

임 찾아

에덴

우리
고향은
한곳

봄
만발
에덴동산

화초 길
들려온
주 음성

수천 년
메아리
가슴 치네

소원

봄 누구신지 안다면
초대로 함께 머물고파

어찌 그를 닮을까
수십 번 소원 말하기도

허나
떠날 수밖에 없어

머무른 자리
마음에 새기오

그림자

따스한 곳 그리며
찾아 나선 미로에

골바람 세차니
그리움 더 깊어

머잖아 먼발치
그 임 알아채리

오가는 사철
속 깊이 담긴 말

이 봄
그대의 그림자
나의 분신이라오

들녘

깨우는 임 따라
나아간 들녘

자락의 온기 스민
이랑에 숨 쉬는 태동

뛰는 임
함께 달리네

홍조 띤 얼굴
깨우치는 임

수채화

그 길에 그린 수채화

흔들어 바람 깨우니

잎이 환호하는 함성

임 보이지 않아도

모두 보고 있네

돌담

쇠처럼 단단한 얼음

칼바람 다지면

한 줄기 바닥 물소리

마주 선 돌담 높을 때

그만큼 지리는 하늘

잿빛 도시 속 일상

시원히 창을 바라면

예기치 않아 봄 뵈오리

기적

들판에
꽃 피는
땅을 아는가

개울에
물 흐르는
곳을 아는가

밤에
별 반짝이는
지방을 아는가

아침저녁
해 뜨고 지는
나라를 아는가

모든

순간마다

기적을 아는가

이로써

그대

감사할 줄 아는가

봄의 임

꿈에 보았던 봄날
생기 바람 이는 아지랑이 물결

새순 숨 속에 숨은 임
아직 찾는 가슴 기다리오

봄의 임 만나는 시간
또 다른 순이 돋는 소리

수선화

되돌아온 길옆
잡초 키 자라

관목들 뻗은 가지
내민 푸른 손바닥

사철나무 미소 여리어
솔방울 구르는 소리

방금 보고 있네
생명 꽃 수선화

사랑이 가슴으로
이리 피어났소

목련

수많은 인파 흐름 속

시골 어느 장터 골목이든

한번 찾아볼 용기 있을까

세파와 근심 둥지 없이

활짝 피어난

목련 얼굴 한 송이

나무

볕이 따사롭게 느껴지던
어느 봄날

두 발이 흙 깊이 파묻혀
바로 한 그루 나무가 되었어

진작 나무 옆에 있기만 해도
평온했던 날들이 기억나오

이제 저 햇살 대기 속 몸통 세워
구름 하늘 바라며 나아가야 하네

발들은 검은 흙 암석과
벗하며 지내야겠지

삶이란

지상에 존재 살아 있어

삶이 내 것이 아닌 까닭

오래전 뿌려진 하늘의 씨

종횡의 생명 고리 가운데

누리는 자언 너없는 은총

맥박 소리 웃음 더하니

우리 살고 있어 고맙소

보화

속 깊이 보화 두었는가

꺼내 볼 때 가득 웃는
벗에게 자랑하는 즐거움

누구든 나누어 줄
맘 생길 때

보화 꽃으로 피어
내일 생명의 시간 되니

부활의 삶 여기에

벌판

벌판 휘저어
닿는 대로 달음질하니
만상이 임의 푸근한 옷자락

어딘가 그 숨결
머물지 않는 곳은
품은 사랑 가없으니

세상의 오직 내 맘
임이 함께하시올제
찾던 기쁨에 오늘 채우리

그 빛

산뜻한 꿈처럼

긴 숨 들이켜

언 땅 만지는

저 햇살 향해 서면

빙벽 녹아져

부드러운 명경 호수

잿빛 광야 사라져

연초록 신세계

골짜기 아스팔트

어디든 임 오는 곳

볕 비쳐 생동해

그 빛으로 살아나리

임에게

임의 음성 듣고파
뜰로 나아가
싹 돋는 소리 들었어요

반기는 임을 보려
들에서
햇살 얼굴로 담았지요

임에게 날 건네려
산기슭
나무를 보았네요

임과 거닐고 싶어
아침 일러
냇가로 나갔어요

임과 함께 있고파
봄이 되어
산다면

이 또한
임의 마음
헤아림이 아닐까요

봄 복

녹색의 향연
출렁이는 얼굴
넘실대는 손짓

드넓은 화폭
초록이 짙어
일렁이는 유화

사방이 푸르러
한 줌 흙에 꽃
올려 본 하늘
영롱 잎사귀

간악한 우리네
자연의 마음
마주하니

봄마다

예비하신 선물

내사

복에 겨웁지요

새봄

매일 보아도
새로운 임은
누구일까

고대하던 마음에
넘치게
채워 주는 임은

옷자락 넓어
햇살처럼
큰 포옹하는 임

하루에
몇 번 만나도
반가워하는 임

날마다 시시로
바뀌는 의상
사랑의 임

정작 간다 해도
소매 잡을 수 없는
안타까운 임

비록 이별하여도
보내지 아니힌
임이여

만남

언제인가
기다리게 된 것은

기다려야
만날 수 있음을
느끼게 된

그때부터
기다림이 기뻐
그 마음 즐거웠소

아 마침내
떠올랐네
절절한 시간

어릴 적
잠시 비운
엄마 기다렸지

나이 들어
몇 달
봄날 기다리네

새순

그리워 설레어
먼발치서 보오니

바람이 싸늘 불어
옷자락 날려도

따스한 미소
임의 몸 휘감아

느릿한 걸음
내게로 옮기니

맥박이 뛰며
고동 느낄제

임의 손

돋은 새순

풋풋한 향기

나를 감싸 주었네

고개 들어

언제나 봄처럼 살려면

차가운 마음자리 녹이어
깊은 땅 헤아림
양분 삼아

고개 들어
햇볕 겸손히 머금어

아직 추위가
있다 해도
바라는 눈빛 따스하면

그 안에 봄은 머물지라

봄 찾아

지나온 산길 아니 돌이켜

지금 걸음 편안할세

저 등성이 한껏 멀어도

해진 신발 가벼우이

언뜻 비친 연초록 싹

그 흙이 안긴 골짜기

산이 거룩해

모자 배낭도 이젠 벗어

푸른 흙 깊이 몸 담그면

새싹 돋을 테니

이토록 그리웠소

발에 움이 트오

팔은 이파리

새봄 안았네

저 산

꿈이 깊어 지켜 온 날
비낀 볕 따사로이

멀찍이 솟은 산
내일이면 가게 되리

굽은 샛길 이어 온 감사 노래
가시밭 밟아도 듣게 되리

산의 얼굴 바라며
앞장선 나무

일출의 믿음

열리는 내일

친우여

저 앞으로

혼신의 힘으로

어느 아침

저녁마다 그리워
찾아온 아침

엊그제 그대 얼굴
아닌 줄 모르고

오늘에사 새로이
마주 보는 웃음

헤아린 날보다
더 많이 동터 오매

빛깔 가득
복스런 소식들이

하늘에서 발신한
엽서인 줄

그러니 고마워요
그저 감사해요

겨울 이야기

눈 덮여
숨겨진 숨
고동치나

산 아래
바람 이는
날 기다려

켜켜이
다져 온
가슴 모퉁이

따순 한 줌
햇살
여유로워

새로이
만날
봄 길에

이겨 낸
줄기 가지
도열하여

듣자구나
무용담
겨울 이야기

길에서

바로 온 길이
굽이 돌아와
이 자리에 있더이다

잰걸음 뛰어
나는 듯 활개 치나
제자리로 가더이다

아끼는 나무
열린 열매의 꿈
껍질만 남더이다

그래도 다시
달리며 바라는
그 자리로 오더이다

고요한 소리
푸른 음성이
나를 부르더이다

알 듯 모를 듯
손짓하는 그분
오늘 첨 보였더이다

옆에 시시
이젠 징밀
또렷이 보았더이다

2부

임의 모습

모나드

가진 것
창문 하나
모나드

그 없이는
절해고도
그로써 내일 열려

가족
이웃과
오가는 창구

온라인
접속
새로운 채널

창을

하늘 향해

활짝 열 때

우주의 형상

로고스

수신하네

미소

살아가는 일이 즐거워

생은 피어난 미소

모두 그 안에 있네

심성

분바른 뺨
이쁘오

더욱 아름다운
마음 생김새

근사하지 않은
외모 찾기 어려운데

고운 심성
만나기 수월찮소

햇살

무심코 스민
햇살 정겨워

남들 비치는
빛 되고파

가늘게 눈 뜨며
웃음 지었네

어디에도 비쳐질
빛의 시간

마음
빛나는 기쁨

기다림

딱딱히 굳어 메마른 가지 만져 보오

까칠하게 와 닿는 차디찬 살갗

삼월에 임은 숨었는가

바람 불어 애처로운 가지 끝

보라

지금껏 기다려 온 마음의 줄기

나무 사이 스민 볕

반가워 미소하매

이 순간 부활의 계절 오더이다

임

임이 보니 봄이 오고
봄이 임을 보고 오네

임이 불러 봄이 가고
봄은 임을 듣고 가네

임을 따른 봄의 얼굴
봄을 보는 임의 마음

임이 그린 봄의 내음
봄이 내민 임의 모습

임이 가는 걸음 자리
봄이 가득 향기 자라

임이 봄을 낳아 키워

봄은 임을 따라 사니

임이 봄의 일편 단심

봄은 임의 푸른 심장

뜀박질

나직한 음성이 이름 부를 때
일어나 달렸지 쉼 없이 뛰며
여운 남아도 외길 지나네

맥박 소리 노래되어
건각 힘줄로 앞당겨 가오
이제도 달리는 내가 신기해

다시금 봄 천지 풀꽃 봄 보네
뜀박질로 헤쳐 나온
고비 굽이 모든 날 기쁨이니

저 멀리 들리는 소리
이제껏 미소 짓는
임이 반기오

사막

모래벌판
한낮 달구어
열기 내뿜는 대기

사구 너머
오아시스
사랑의 물 꽃

꿈꾸며

꿈처럼 나무가 자라
꿈꾸며 잎을 피우고
줄기는 꿈 바라보네

어느 한낮
꿈 가운데
높이 솟아올라

이제 잉태한 열매
다름 아닌 꿈이요
꿈의 진실

훤히 드러난
그대 모습 이리
가까운지 미처 몰라

당당히 부드러운

얼굴 미소 띤

자태 기다리매

정말 꿈처럼

어렵사리

만나게 될 줄은

봄처럼

어느새 다가온 햇살
기다라이 기다린 마음
봄 내음 맡네

그늘과 구름 볕 보려
머리 들고
사방 손 팔 뻗어
햇살 만나려

여늬 나무줄기
밝은 시선 찾아
생기 가득 받으오

온 땅 그윽해
보란 듯 봉우리
숨던 숨소리

보아야 봄 열려

누군가 그 마음 꿈꾸어

얼음 밑 흙에 윤기 적시다

이제저제

그리는 임 맞이하네

나무의 꿈

건조한 계절에
따스함을 찾는 자
한 그루 나무 앞에 서 보라

넘치도록 웃는 얼굴이
그대 반길 것이니

무언가 깊이 그리워질 때
숲길로 걸어 안기라

진실한 마음이
생명으로 살아나
다소곳한 형상
가득한 그곳

굵은 줄기 뻗어나

실낱 가지 끝

펄럭이는 잎사귀 하나

그대 꿈꾸어 온

사랑의 깃발이구나

모래 산

부드러운 감촉의 기억

누구랴 잊지 못해

어릴 적

쌓인 모래 산

고사리손 휘저어

따순 모래

뺨 맞춘 ㅡ날

고향

기다리는 시간
홍씨 익어

고향 집 마루
내려놓은 일상

뒤돌아
모처럼 붙든 기억

시간이 쉬니
그냥 고마워

창문

창문 하나
우리 앞
하루 여니

창문 하나
내 존재
촛불 피워

창문 하나
그대 속
등불 켜서

창문 하나
우리 함께
맞들어 가네

창문 하나
달빛 받아
어둠 걷어 내

창문 하나
거른 마음
광선 치유자

창문 하나
우리 사이
있기만 하면

나를 부르네

산이 부르니 뛰어가리
음성 애절하니
달음박질하리라

그리운 얼굴 고개 들어
아스라이 윤곽 그리네

임의 미소 아른거려
무슨 말 건네려는 듯
가슴 벅차 오네

어떤 인사 어울릴까
어리석은 생각이네

맘 그대로 보임이 나으리

임 또한 숨김없으니

이젠 그 모습 또렷해

푸른 품속으로

힘껏 달려갔다네

어느 고백

내가 느낀 사랑의 감정을
지금 고백함은 일종의 행운이네

왜냐면 사랑이란
고백의 물을 마시며
자라는 꽃이기에

아!
어떤 여인에 대한 것이냐고

아니,
누구보다 아름다운 분에게
고백드리는 것임을

한결 푸른 마음

위로 향해

미소 아련히 마주하는

그대 나무는 나의 그늘

사상이며 분신이기에

보석의 여인

어느 날인가
세상에서
가장 어여쁜
여인을 보았네

빛나는 자태
가슴 뛰어
기쁨의 눈물마저
흘렀구나

그녀의 광채는
보석들이
빛을 내뿜듯
현란하니

고요함
중심 감추듯
비밀의 분위기
느껴진 순간

팔과 손이
연녹색 잎의 띠로
감겨 있음을
보았다네

살아 있는
보석에
생명 광휘가
드리워 있는데

귀여운 발이
땅속에
담기어 있음을
당신은 아는가

신비가

이 순간 펜을 들어 원고를 써 내려가는 일이 얼마나 신비로운가

고요히 자리하는 서재 가구 화병 시계 액자들 모두 한 공간과 시간 흐름 속에 나와 함께 머무르는 이 현상 어찌 형용하며 설명할 수 있을까

저 구름처럼 떠다니지 않고 새처럼 날지 못하나 투명한 눈으로 주위의 사물을 구별하며 이름 부를 수 있는 나 라는 사람으로 살고 있음이 수학적 도식으로 증명될 수 있는 운동인가

신비로 가득한 세계에는 과학 방정식 역시 다소 곳한 색채 머금으니 땅 위에 일어나는 모든 일이 놀랍기만 한 세상 그 가운데 사는 나 자신 또한 신비롭네

겨울 풍경

삭풍에도 줄기 꿋꿋하여

비바람 눈보라 머금은 미소

한파 녹여 연두 열매 소나무 군락

저만큼 함께함이 미더우이

보내잖고 이니 떠나 그립고말고

눈 덮인 일곱 그루 화안하니

은혜 손짓 그대 나무 둘러서 있소

겨울 사랑

새벽 일러
창 두드려
반가우이

어둔 밤
율동하는
하늘 손짓

섬은 땅
빛으로
환하오니

비가 얼어
내리는
눈 아니라

추억 속
눈사람
얼굴 사이로

구름이
내미는
영혼 이야기

비운 마음
찾아온
하늘의 사랑

3부

—

기다리는 기쁨

최신

요즘 끝없이
최신을 찾아

치장 안락
편안히

전통 훈계
깃들 자리가 없어

녹슨 마음은
이젠 버릴까

중력

끝 모를 수평선 해변

태양을 도는 지구별
중력의 신비

총알보다 빠른 자전
로켓을 앞서는 공전

이 속도
일 넌에 해 한 바퀴

그대 어지럽잖게
중심 잡아야겠소

대체물

갈수록 편리 더하는
로봇 인공지능
인간 대체물

소화 배설 생식
필요 없는 별종 인류
인간의 위상 위협하니

스스로 파들어 산
과학의 무덤

높은 도시

어제보다 높은 도시
하늘 보이지 않아

쌓아 온 탑 자랑에
뚫린 가슴 할 바 몰라

인간복제 AI 그다음
가득 찬
그날 기끼워

깨우라 그대
사랑의 손길

함성

천지간
봄 아닌 것 없이
속삭이는 대기
땅이 꿈틀거리다
시방 웃음 짓네

들판 복판에
기쁜 함성
살아 있는 우리
그냥 고마우이

누군가 감사로
오늘 뿌리 삼아
힘찬 걸음
기뻐하리

이 땅

가없는 우주 놀라워

밤하늘 반짝이는 별나라

어딘들 이 땅 비하리

공기 맑아

산과 강 푸른 나무여

기화요초 인생

축복의 빛

보석

쳇바퀴 일상 가운데

뜻밖의 한 줄 울림

머잖아 오는 임

사방 모두 반짝여

내일 기다린 손길

시간 마음의 보석

마음

마음속 있어
모르는지

수평선 너머
대양의 가슴

끝 모를 경이
실존의 환희

느끼지 못해
드넓은 심정

그 안에 있으매
그 순간 복이네

상공

풀섶 가까운 그 안
어찌 자리하게 된 걸까

알 길 없어 신기해
돌아본 계곡 가파른 절벽

운신할 넓이 두 평
상공 끝 모를 자유

알 듯
그분의 마음

우리들

우리 안에 그대 있어 우리가 되었지

그대 온 후 너와 나 오늘의 기쁨

그대여 어찌라도 이별은 아니지

하루도 뗄 수 없이 손짓의 기억

있음의 은혜 그대로 우리에게

이 또한 그대를 보낼 수 없는 까닭

그대는 언제든 우리이기에

거울

이고 멘 짐들
손 보따리

그뿐이랴
해묵은 트렁크
마음 가득

들꽃보다 못 피운
꿈이 여럿

해 갈수록
버거운 일선의 삶

잠시 거울 앞

맘 비추어

올곧게

그렇지 속삭이네

안부 인사

어떻게 지내요
잘 지내요

요즈음 건강한가요
네 좋아요

살갑게 건네는 말 어떨까요

즐거운 일 있는지요
그저 기뻐요

마음이 평안하신지요
덕분에 평온해요

마음에 다가선 진심
가슴 정 비추는 햇살

달음질

낮에 큰길 쉼 없이 달렸네

내일 내디딜 걸음 더 빠르리

반가운 산천 다름없어

달음질 선수를 놀라 보오

앞밖에 못 보니

옆에 가는 자 서로 몰라

이젠 위를 보며 달릴 것이네

그 자리

여기 자리 삼아 언덕 너머

구름 살갗 얼굴 푸근해

없어도 있는 듯 그리네

미세한 온기 싸이매

어둑 오후가 훤언하오

매운 날 겹겹이 둘러서나

자리한 미소 구름처럼

목소리

밀어도 꿈쩍 않아
귀 대고 들어 보니
살며시 맥박 소리
잡힐 듯 심장 뛰어

칠흑 어둠
어머니 정겨운 소리
들으려 길어진 귀

노세 혈관 흐르는 정
기쁜 소식 가득
그대 맘에 들려주고파

어느 남매

이어진 산
나는 새
혼자 아니듯

산비탈
긴 가지 나무도
외롭지 않아

오가는 계절
언 땅에
잎 나고
꽃 피우는 일이
어찌
내 힘이랴

울 때 울고
함께 나눈
어제

바로 나인 줄
느즈막
생각하네

피보다 진한 믿음
우리 가운데
흐르기에

일곱 요일

해 만상을 비추어
복된 소식의 시

은은히 달빛
치유와 감사 가득

성스러운 영
마음 뜨거워

위에서 흐르는
시내로 하나 되니

하늘로 뻗어 가는
상록수 줄기

금빛 날개 펼쳐

은혜의 사자

생명의 흙이니

진리로 비상하리

원앙가

옆에있어 편한마음
숨결조차 닮아가오

그대기뻐 제가웃고
당신슬퍼 내가울어

당신한숨 내가받아
그대미소 제즐거움

희로애락 물결일어
풍파에도 이겨내어

오늘처럼 한자리에
두손잡아 나아오네

그네옆에 제가있고
당신앞에 내가서서

수십여년 거친세월
이두사람 이겨내니

초록봄날 온화로워
주하나님 은혜로세

그대있어 제그림자
은총아래 당신과나

주님수신 저의천군
나의천사 삼으셨네

사랑

그저 고마워요
그리 말할 수 있으니

그래 웃어요
미소할 수 있으매

함께 걸어요
앞길 훤하니

아침이면 노래해요
그대 새로워

정말 기뻐요
오늘이 선물이라

내 것 없어요
모두 임의 뜻

이제 사랑해요
영원의 도상에서

지구별

눈 뜨니 아침 해 빛나
만상이 하늘로 어깨춤 추네
사방 모두 이리 자리해
고맙고 놀라 감탄하노니

숨 쉬는 그대 코로나 세월
들숨 날숨에 빚어진 오늘
지구별 여정 수십 년
그대 깨달음 무엇인가

저 태양을 얼마큼 돌아
유람 여정 다할 때
과분 은총 감사 감동해
생명체 살아온 날
최상 선물이라

광대무변 우주의 한 점

또한 형이상 실존 영혼

순간마다 기적이라

과학으로 풀어쓰는 인간 문화

뒷모습

그 봄날
처음 보인 얼굴
훤히 웃으며
우린 거닐었지

무성한 잎이
바람을 들이킬 때
그대 속으로
익어 가는 열매

또래로 만나
우리 중에 있어도
좁은 길 영혼
이어 온 순례길

두세 마디 말보다
한 발짝 앞서 걸어
본향 바라는 열정
세속에 머물 곳
어이 있으리

태양 도는
지구별이
수십 번 유림
우리 잎서니

가야 할 곳
어딘가 알려 줄게
애타게 서두르던
그대 뒷모습

날 때부터

세상에
날 때부터 울어

나이 지긋
이제껏 눈물 바가지

참말로 화안하게
웃은 적 몇 번인가

소소한 미소
드물어 서러우나

이만큼 울 수 있어
고마운 인생길

질병도 감사해요

이별조차 기쁘오

하늘이 부르실 때

밝고 맑게 웃고 싶소

그대는

그때처럼 오늘
시원한 풍경이면 환하게 웃으리

아득히 아지랑이 숨던 어느 날
그대 부모 두 분 세 사람 되었구나

피와 땀 여울져 자라던 시절
겨울이면 그리 추워 손발이 얼어
붉은 미소 뜨거운 심상

초중고 대학 허리 휘는 살림
자녀 뒷바라지
한결같은 깊이 헤아리지 못해

천하 가운데 이끌어 온 반려자
이제 보니 다름 아닌 그분 뜻이료세

풍상의 여러 날 어지러운 세파

뜻 잡아 헤쳐 나온

그대와 가정 복 주심이여

슬하 자녀 보살핌 그 심정 알 듯

흐르는 눈물이 티 없는 웃음에

스르르 물러가오

머리 희끗해도 어제와 다른

아침과 오늘 누리니

신비스런 이 시간 이 실존

수십여 년 삶 고통 기쁨

만남에 이별 그 한복판

그대를 지키고 붙드신 그분 있기에

___

4부

만나는 임

가나 혼례

아담 하와 빚으사
부부 되게 하신 후

성육신 주 참석한
유일무이 가나 혼례

축하 잔 비어
모친의 요청

물질 뛰어넘어
창조의 손길

혼인의 신성 축복
최상 포도주
몸소 만드셨네

복락원

우리의 선조
에덴의 동쪽

산에서 내려와
마을 늘어나
도시 사노라네

어디서든
적아 넘실대는
밤욕의 바다

보라 승선하라
밧줄 꼭 잡아야
구원의 방주

동산에서
쫓겨난 우리
복락원 서사시

도시

인간 발명품

도시 만들어

소음 공해 억눌리나

주님 창조하신

산과 숲 고요해

도시를 심판하리

탑

탑 쌓아 탐욕 커져
구름 위 계단 세워

허영과 교만
인간 덕목

사상누각 위험
모르니 어찌하나

신성 거하는
주의 백성 든든히

비바람 번개 우레
주 찬양해

감사

그에게 가까이 나아가

영혼 이 모습 이대로

보소서

살피소서

치유해 주소서

들리는 주 음성

평안하라

죄사함 베푸노라

주체 못할 기쁨에

감사 눈물 흐르네

구원

영광의 보좌
마다하신 주님

압제받는 백성
육신의 고통보다

영혼 속 자라는
죄악 근원에

애통과 치유
사죄의 선포

시급한 구원
좁은 문 여시네

흙길

태양 열기 내뿜는 광야

흙먼지 날리는 길에

번쩍이는 말씀 울리오

우리의 육신 입고 체휼하셔

무거운 짐 진 인생

그 무게 대신 지시려

이 땅 내려오신 주

팔복산

그때처럼 충만한 시간 있을까

갑자기 영혼 환해져

맑고 투명해진 마음 느꼈다오

함께 앉은 얼굴들 빛 가득

귀와 눈 그분께 열린

어느 봄날 팔복산

천지인

넓은 땅
가없는 하늘 사이
내가 있어

땅 하늘 분별하며
땅의 이치
하늘 뜻 헤아려

천지인 창조주를
깨닫고 섬기니
삶의 올바른 꼭짓점

구령 노래

멀찍이 따라나선 걸음
구름 너머 핀 뜻 바라보아

자갈밭 수렁 헤쳐 나갈
품은 용기에 기뻐

앞장선 임의 구령 노래
한낮 갈증에 생수 되어

가슴속 평강 머무르네

산

관목과 잡초
침엽 활엽수
온갖 생물 암석 흙
산이네

다가서면
피부에
굴곡 흠집

먼발치
획이 굵어
단순한 힘

모두
품어 주는
모습 가십 해

호렙산

시내산에서

모세를 부르시고

주님

팔복산 변화산

오르시네

검정

흰옷에
검정
뉘 탓인가

마음속
흑색
지우려 않아

그릇된 죄악
내 잘못
고할 때

흰 눈처럼
용서
약속의 주

어릴 적
꿈꾸던
천군 천사

은빛 날개
어깨
달 수 있게

넓은 품
주님
돌보시네

친구

하고 많은 사람들
땅 위에 살아

수고와 근심 가운데
정말 환한 웃음 몇 번인지

휘어진 등 봇짐
더 무거워

어찌하나
기진 비틀거리는

그때 그 짐 대신 지신
친구요 선한 목자 주님

찬양송

그보다 아름다운 모습 없어

주 은혜 찬양송 부르는

그 순간 해와 달 춤추어

별과 별 박수로 반짝이며

은하계 선율 채색하니

우주가 화답 찬미로

창조의 주 영원한 영광

갈보리

언 땅 찾아
싹 피우는 계절에

휑한 가슴
바람에 굳은 바닥
봄인들 어쩌리

한참 씨름하며
기대 온 죄악 언덕

갈릴리 맑은 음성
메아리 들릴 때

생명의 씨
움트는 움직임

갈보리 십자가의

뜨거운 보혈

가슴 깊이

강물 끝없이 흐르오

코스모스

드넓이 뻗어 가는 우주
항성과 행성 은하계 블랙홀

최중심의 위대한 정신
향하는 코스모스

더운 심장 가진 자 보리라
생명 에너지 곳곳에 흘러

광대무변 시공
운율 색채 더하오

우연 아닌 필연
오메가 영원의 주

말구유

깊은 잠 어두움 짙어
흑색 도시 한줄기 별빛

끝 모를 제국 허영 탑 솟아
죄악의 도성에
몸 둘 곳 없어

허름한 달동네 단칸방 바깥
구유 향내 아기 반기네

우리 잠들어 욕심으로
이끌린 때 성탄 지나치니

말과 양처럼 밤을 밝혀
목자처럼 가난한 자 되오리

아기 예수

참 오래 기다리던 성탄절
기쁨이네

우리 마음 골짜기
베들레헴
마구간 구유처럼
낮아지고
비우며 가난하여

아기 예수
누우실 자리에
합당하게 되옵기를

그 십자가

어느봄날 유대땅
예루살렘 성으로
큰무리가 호산나
젊은임을 따르네

기사이적 끝없이
기적치유 샘솟아
생명복음 가르쳐
심금울린 그말씀

벳세다의 언덕이
그임에게 안기고
디베랴의 물결이
그임보며 춤췄네
하늘보좌 버리신
독생자로 앎이라

대적원수 간계로
십자가형 언도에
십이제자 문도들
몸둘곳을 모르네

동고동락 삼년여
이제이별 고하나
꿈과기대 벗어나
원통심정 깊어라
흩어지는 제자들
임의마음 결연해

언덕길의 십자가
짊어지신 임의몸
머리두른 가시관
어깨와손 피흘려
로마군병 채찍질
골고다의 좁은길
땀방울과 피눈물
임의옷을 적시네

그길가에 백합화
임을보며 떨고서
공중날던 새들이
울음노래 불렀네

못박히는 소리는
저유대땅 아시아
이지구성 너머로
은하계를 울리어
온우주가 감복해
새시대를 알리네

창조의주 임께서
하나님과 사람을
하나되게 하시려
생명바친 십자가
천지감동 함으로
태양조차 빛잃네

그 십자가 달리신
임의 얼굴 광채가
날빛보다 더 밝아
온 천하가 환하네

흘리신 피 보혈이
지구촌에 가득해
억조창생 인간들
십자가에 엎디어
능력보혈 의지해
사죄은총 덧입세

흐르는 피 생명수
영혼구원 이루니
역사전환 이정표
영적전쟁 승전보

그십자가 아래에
제영혼을 보소서
죄로물든 심령을
보혈로서 씻으사
순백으로 정결케
역사하여 주소서

주님생명 바쳐서
저의삶을 구한일
이세상의 누구나
고백하게 하소서

십자가의 주님이
승리의주 이심과
메시아요 구원자
선파하게 하소서

상은 원장*

여린 눈에 화안한 얼굴

미소 언제나 기품 발하니

어릴 적 사택

세 평 방 우린

남다른 칠 인방

구들목 따뜻해도

벽 온도계 영하에

형아 우리 엎드려

동화책 읽어 줘

부모님 대신

진학 상담

의대 원서 넣었다네

---

* **박상은** (1958~ 2023)
　고려대 의대 · 분당 샘물교회 장로 · 안양샘병원 의료원장 ·
　아프리카 미래재단 이사장 · 한국순례길 이사장

복음병원 수련의

장기려 님 감화

미션 각오 굳게 하니

우주에 생명

주님과 영파 감동

존귀한 삶이

태아에게도

웃음으로 시작

모두 웃는 명강의

어디서도

들은 적 있는가

세포여 함께 웃자

그려 동생아

우린 한 세포

세상 누구나

똑같이 빚어졌지

영원한 은혜

상은 동생

고통 없는 천국

기쁨의 면류관

길이 빛나리

순교자

고요한 사방
그대 없으매
적막함이 무언지
알게 되노니

우리 중에
먼저 웃어
다 미소하니
날 때부터 웃는 자

시래깃국에
기쁨이 흘러
충만한 시간
그날 새로우이

이웃에 내민 손
헌신의 환희
그들이 내 몸 같아
사랑으로 살고지고

남모르게 베푼
인술의 발자국
삶과 생명
우주의 꽃

지구별 구만 리
사랑의 사도
아프리카 아시아
은혜의 복음

현대의 노아
선한 사마리아인
한국의 슈바이처
주님의 신실한 종

에녹 같은 그대
사랑의 크기
이제야 짐작하오
은혜의 깊이
비로소 분별하네

이 땅에 이루던 일
겨자나무 되어
이제 주님 부르신
순교자의 삶

오 주여

영광 받으소서

새 예루살렘

환하게 웃는

그대 모습 보이네

예, 형님

형아
우리 숨바꼭질 놀이 할까?

형아
구들목 따뜻해
우리 엎드려 책 읽자

형아
가정예배 드릴 시간 되었어

형님
군 복무 건강히
잘 마치고 오세요, 파이팅!

예, 형님
이번 신교여행
잘 다녀올 수 있게
기도해 주세요

예, 형님
금번 출장이 성과 거두도록
기도해 주세요

예, 형님
그러실 필요 없어요
저는 괜찮아요

이 땅에서
그대 밝은 음성
여전히 들리네

땅 하늘 잇는
그대 미소
일곱 빛 무지개